D0591534

PRINCESSE
Academy

Princesse Katie

fait un vœu

Cet ouvrage a initialement paru en langue anglaise en 2005
chez Orchard Books sous le titre :
The Tiara Club
Princess Katie and the Silver Pony.
© Vivian French 2005 pour le texte.
© Sarah Gibb 2005 pour les illustrations.

© Hachette Livre 2006 pour la présente édition.

Adapté de l'anglais par Natacha Godeau

Conception graphique et colorisation : Lorette Mayon

Hachette Livre, 58, rue Jean Bleuzen, 92178 Vanves Cedex.

Vivian French

PRINCESSE Academy

Princesse Katie
fait un vœu

Illustrations de Sarah Gibb

hachette
JEUNESSE

PRINCESSE
Academy

Institution
pour Princesses Modèles

Devise de l'école :

Une Princesse Modèle
est honnête, aimable
et attentionnée.
Le bien-être des autres
est sa priorité.

*Nous dispensons
un enseignement complet,
incluant des cours :*

- De Dragonologie
- De Haute-Couture Royale
- De Cuisine Fine
- De Sortilèges Appliqués
- De Vœux Bien Choisis
- De Maintien et d'Élégance

Notre directrice, la Reine Gloriana,
assure une présence permanente
dans les locaux. Nos élèves sont
placées sous la surveillance
de Marraine Fée, enchanteresse
et intendante de l'établissement.

Parmi nos intervenants extérieurs :

- Le Roi Perceval
(expert ès dragons)

- La Reine Mère Matilda
(Maintien et Bonnes Manières)

- Lady Victoria
(Organisation de banquets)

- La Grande-Duchesse Délia
(Stylisme)

Les princesses reçoivent
des Points Diadème afin de passer
dans la classe supérieure.
Celles qui cumulent assez de points
la première année accèdent
au Club du Diadème, et se voient
attribuer le diadème d'argent.
Les membres du Club rejoignent
alors en deuxième année
les Tours d'Argent,
notre enseignement secondaire
pour Princesses Modèles,
afin d'y parfaire leur éducation.

*Le jour de la rentrée,
chaque princesse est priée
de se présenter à l'Académie
munie d'un minimum de :*

· Vingt robes de bal, dessous assortis
· Cinq paires de souliers de bal
· Douze tenues de jour
· Trois paires de pantoufles de velours
· Sept robes de cocktail
· Deux paires de bottes d'équitation
· Douze diadèmes, capes,
manchons, étoles, gants,
et autres accessoires indispensables.

Bonjour ! Comment vas-tu ?
Nous sommes très heureuses
que tu nous rejoignes ! Mais je suis bête :
tu ne nous connais peut-être pas encore…
Je me présente : je suis Princesse Katie,
et mes amies s'appellent Charlotte, Émilie, Alice,
Daisy et Sophie. Nous partageons
la Chambre des Roses, à la Princesse Academy.
Et si nous réussissons à gagner assez
de Points Diadème, nous entrerons
au fantastique Club du Diadème !

Tu as remarqué qu'après une soirée,
on est souvent très fatigué ? Eh bien,
à notre école, il y a un grand Bal de Bienvenue,
le jour de la rentrée des classes.
Et moi, j'ai vraiment eu du mal à me lever,
le lendemain matin…

À Princesse Lisa,
avec toute mon affection V. F.

À quatre petits princes,
Alex, Finlay, Xavier et Felix S. G.

Chapitre premier

Impossible ! Le réveil sonne une nouvelle fois ; je fais la sourde oreille, gardant les yeux bien fermés, la tête cachée sous l'oreiller.

Soudain, pourtant, quelqu'un m'arrache le coussin ! Et je me retrouve devant Alice qui gronde :

— Dépêche-toi, Katie ! Cela fait deux fois que Marraine Fée vient nous chercher pour le petit déjeuner. Nous n'avons plus que dix minutes pour descendre, ou nous perdrons des Points Diadème !

Je gémis :

— Mais je suis trop fatiguée.

— Courage ! dit Sophie en s'asseyant sur mon lit. N'oublie pas : demain, c'est samedi, le jour…

— Du Défilé Royal ! s'exclament en chœur Charlotte et Émilie.

— Nous porterons nos plus jolies robes ! renchérit Daisy qui, de joie, envoie son oreiller au plafond.

Là, je commence à sortir lente-
ment des draps en grognant.
Alice s'énerve.

— Plus vite, Katie ! Tu te rends
compte, si Perfecta et sa bande
nous battent ?

À ces mots, je saute aussitôt
dans mes vêtements !

C'est vrai: Perfecta est une affreuse peste qui veut toujours être la meilleure en tout!

Elle n'a pas réussi à obtenir assez de points pour entrer au Club du Diadème, l'année dernière. C'est la grande sœur d'Alice, qui l'a raconté. Alors, Per-

fecta a redoublé, et ça l'a rendue
aussi méchante qu'une vipère !

Dès que je suis prête, nous
quittons le dortoir comme des
flèches, puis nous dévalons l'es-
calier en colimaçon.

Mais voici qu'à mi-chemin, Alice s'immobilise tout à coup, manquant nous faire tomber !

— Regardez dehors ! hurle-t-elle.

Nous nous précipitons à la fenêtre de la tour, et là, nous retenons un cri. Le carrosse le plus extraordinaire de l'univers stationne au pied du perron !

On dirait un coquillage géant, dont la nacre étincelle de mille feux au soleil ! Des coussins de satin blanc et des plaids moelleux habillent les sièges. Six poneys tachetés composent l'attelage : des grappes de grelots d'argent pendent de leurs harnais et tintent chaque fois qu'ils remuent la tête. Je ne peux pas m'empêcher de m'écrier :

— C'est magnifique !

Nous restons un moment ébahies, éblouies par le spectacle, quand Sophie s'affole :

— Oh là là ! Vous avez vu l'heure ?!

Alors, nous courons jusqu'à la salle à manger… où nous entrons pile à la dernière seconde !

Il s'agit d'une longue pièce tapissée d'immenses portraits de

princesses plus majestueuses les unes que les autres.

Nos professeurs s'assoient sur des trônes dorés, au fond de la salle. Nous, nous n'avons droit qu'à des bancs de bois, autour des tables. Et à de la vaisselle en porcelaine !

Sophie manque d'ailleurs de s'étrangler, en voyant ça : elle n'a jamais mangé que dans des assiettes en or pur !

Mais Charlotte a raison : en fin de compte, cela ne change rien à la nourriture…

Par contre, étant les dernières arrivées, nous sommes obligées de nous installer en bout de table, près de Perfecta et Flora, les deux pires chipies de l'Académie, que les autres élèves évitent toujours !

— Quelle horreur ! grimace immédiatement Princesse Perfecta en montrant les cheveux de Daisy et d'Émilie, ébouriffés par leur course dans les escaliers. Au moins, vous saurez quel vœu faire, en classe : une nouvelle coiffure !

Et, avec Flora, elles se tordent de rire comme si c'était la meilleure blague de tous les temps…

— Ignorez-les, conseille Sophie.

Mais Émilie écarquille les
yeux. Elle demande :

— On va faire des vœux ?

— Je rêve ! se moque la méchante Perfecta. Vous ne savez même pas qu'on a cours de Vœux Bien Choisis, ce matin ?!

Elle fait un clin d'œil à Flora, puis lance avec mépris :

— C'est incroyable ! Comment la Reine Gloriana a-t-elle pu accepter des princesses aussi idiotes dans son école ?

Chapitre deux

Je finis à peine mon petit déjeuner, que la Reine Gloriana entre justement dans la salle à manger.

Notre directrice, grande, gracieuse, a beaucoup d'allure. Elle est un peu effrayante, aussi, à force d'exiger que nous soyons des Princesses Modèles.

Heureusement, Marraine Fée l'accompagne, cette fois. L'intendante de la Princesse Academy est bien plus drôle ! C'est elle qui veille sur les élèves. Et elle a des pouvoirs magiques !

— Bonjour, mes chères princesses, salue la directrice.

Nous lui faisons chacune une révérence.

Moi, je ne m'en sors pas trop mal, mais cette pauvre Charlotte perd encore l'équilibre !

Elle se rattrape à la table, renversant un beurrier sur le tapis.

Tout le monde la dévisage ; elle devient rouge tomate, et Perfecta et Flora ricanent sous cape, bien entendu.

Par chance, la Reine Gloriana reprend la parole comme si de rien n'était :

— Vous le savez déjà, demain a lieu le Défilé Royal. Or, notre ami Constantin, le Roi des Mers Éternelles, vient de doter l'école d'un magnifique carrosse en nacre. J'ai donc décidé que la princesse qui remporterait le plus de Points Diadème aujourd'hui ouvrirait le défilé à son bord !

Un murmure s'élève parmi nous.

Tu imagines, mener la parade dans ce superbe carrosse !

— Allons, allons ! lance Marraine Fée en tapotant le dossier

d'une chaise. Il est l'heure du cours de Vœux. Que les élèves de première année me suivent !

Impatientes de commencer, nous traversons en hâte le long couloir dallé de marbre noir et blanc qui mène à la classe.

— Tu crois qu'on va pouvoir souhaiter tout ce qu'on veut? chuchote Alice à mon oreille.

Une petite étincelle brille dans son regard. Et je crois que dans le mien aussi : c'est si incroyable, de réaliser ses vœux !

Derrière nous, Princesse Perfecta et Princesse Flora persiflent.

— Nous, on en connaît une qui devrait souhaiter apprendre à faire la révérence !

La salle de classe n'est pas très luxueuse, en dehors d'un magnifique lustre en cristal. Il y a quatre grandes tables en bois brut et

des tabourets recouverts de coussins de velours rouge… à défaut
de satin !

Mes amies et moi nous installons à la même table.

Les autres princesses s'arrangent pour ne pas s'asseoir avec Perfecta et Flora, et sur le moment, ça me donne une sacrée envie de rire !

— Et maintenant, écoutez-moi ! rugit Marraine Fée.

Il faut savoir que l'intendante est immense, avec une voix de stentor.

— Vous avez chacune droit à un vœu, à un seulement. Réfléchissez bien avant de l'écrire, car après, vous ne pourrez plus en changer !

Elle fouille dans sa poche, y pêche un gros réveil qu'elle pose sur son bureau et termine :

— Vous avez cinq minutes chrono !

On se met toutes à murmurer entre nous, et soudain, Princesse Sarah demande :

— S'il vous plaît, Marraine Fée... Notre vœu doit-il être princier ?

L'enchanteresse sourit mystérieusement.

— L'avenir vous le dira, mon enfant.

— Oh..., souffle Sarah, indécise. Et souhaiter un chaton, alors, ça ira ?

Marraine Fée ne répond pas.

— Un chaton ! pouffe Perfecta avec dédain. Tu parles d'un super vœu !

— Certaines princesses sont de vrais bébés ! renchérit Flora.

Ces deux-là m'énervent de plus en plus ! Je défends Sarah.

— C'est très bien, un chaton ! Moi, j'aimerais…

Fermant les yeux pour me concentrer, je visualise le carrosse de nacre et déclare sans hésiter :

— J'aimerais un poney au pelage d'argent !

Les poneys de l'attelage du Roi Constantin sont très jolis… Mais un poney argenté, lui, serait vraiment parfait !

— Quelle belle idée ! approuve Émilie, les yeux pétillants de plaisir.

— Bravo, Katie ! me félicite Charlotte.

— Il sera si adorable ! se réjouissent Sophie et Daisy à l'unisson.

— Je vois ça d'ici ! soupire Alice. Un poney en argent… et on lui donnera des tas de morceaux de sucre, et…

— Le temps est écoulé, mesdemoiselles !

C'est Marraine Fée, qui vient de nous interrompre de sa grosse voix.

— Je vais à présent passer parmi vous recueillir vos vœux !

À ces mots, nous nous contem-
plons d'un air complice.

— Alors? chuchote Charlotte.
D'accord pour souhaiter chacune
un poney au pelage d'argent?

— Ça nous en fera six, pour tirer le carrosse de nacre ! Ça va être génial !

J'ai parlé trop fort : Princesse Perfecta se retourne vers moi en me fusillant du regard… Tant pis !

Je hausse les épaules, et nous nous dépêchons d'écrire notre vœu : Marraine Fée approche déjà de notre table !

Chapitre trois

Il ne se passe rien de magique.
Notre Marraine Fée regagne
simplement son bureau, où elle
lit nos copies.

— Vous avez de l'imagination !
apprécie-t-elle. Bon, à présent,
les Points Diadème !

Nous sursautons. Comment ça… les Points Diadème ?

— Mais oui, confirme l'intendante. La Reine Gloriana m'a chargée d'attribuer cent points à la princesse ayant formulé le vœu le plus sensé, et le moins égoïste !

Cent points !! Sur le moment, je manque de m'évanouir !

— Conformément à la déci-
sion de notre directrice, celle qui
les recevra défilera donc à bord
du carrosse de nacre ! précise
Marraine Fée.

— Mais ce n'est pas juste ! tré-
pigne Princesse Églantine, rouge
de colère.

Elle fait partie de la bande de
Perfecta… quand Flora le lui permet, bien sûr….

— Il fallait nous le dire, je n'au-
rais pas souhaité de longs cheveux bouclés ! fulmine-t-elle.

Marraine Fée est immense.
Mais en entendant cela, elle devient soudain gigantesque !

Si je n'étais pas déjà paralysée de terreur, je me cacherais sous la table !

— Églantine, rugit-elle. Votre attitude est indigne d'une princesse ! Je vous ôte vingt Points Diadème !

— Pardon, balbutie la fillette en baissant la tête.

L'intendante retrouve alors sa taille normale, mais elle semble toujours fâchée :

— Une Princesse Modèle pense toujours aux autres avant de penser à elle-même. Et vous devriez toutes le savoir !

Moi, je m'inquiète, soudain.

Nos poneys argentés ne vont sûrement pas lui plaire…

— L'heure est venue de récompenser le meilleur vœu, déclare alors l'enchanteresse. J'accorde donc cent Points Diadème à…

Elle s'arrête une seconde, exprès pour créer le suspense.

Et ça marche : mon cœur bat à mille à l'heure, même si je n'ai désormais plus le moindre espoir de gagner…

Tout le monde retient son souffle.

Enfin, Marraine Fée annonce :

— À Princesse Perfecta !

Il y a un long silence, parmi nous.

Seule Perfecta sourit, très fière d'elle.

— Princesse Perfecta, lisez votre vœu à la classe, je vous prie,

ordonne Marraine Fée en lui tendant sa copie.

Perfecta se lève et récite d'un ton hypocrite :

— La seule beauté que je souhaite est celle d'un cœur honnête et sincère !

Près de moi, Alice s'étrangle :

— Quelle sale tricheuse ! Elle a…

— Taisez-vous ! commande Marraine Fée en lui adressant un clin d'œil discret. Souhaitons plutôt à Princesse Perfecta de bien profiter de sa victoire… Le cours est terminé, mesdemoiselles. Vos vœux vous attendent dans le Grand Hall.

Tu l'imagines sans mal : nous quittons la classe dans une belle bousculade !

Nous aimerions descendre le couloir avec plus d'élégance, mais nous sommes trop pressées d'arriver dans le Grand Hall !

Alice, qui marche à côté de moi, ne décolère pas.

— Perfecta a triché ! répète-t-elle. Elle a copié le vœu que ma sœur a fait l'année dernière ! Et je me demande bien pourquoi Marraine Fée n'a rien dit !

Repensant au clin d'œil bizarre de notre intendante, je confie :

— À mon avis, Alice, elle prépare quelque chose…

Chapitre quatre

Un spectacle fantastique nous attend au Grand Hall.

Une sorte de poussière d'étoiles volette partout dans la pièce. Des élèves de notre classe valsent en robes de rêve, d'autres dansent comme de véritables ballerines.

Louise et Yasmina chantent aussi bien que des divas. Nancy marche sur des échasses et Sarah caresse un chaton angora...

Incroyable !

Au fond de la salle, la Reine Gloriana s'entretient avec Marraine Fée et certains de nos professeurs.

Arrivées juste avant nous, Églantine, Flora et Perfecta pénètrent tour à tour dans le Grand Hall.

Chaque fois qu'une princesse franchit le palier, elle se transforme !

Églantine se retrouve avec de

longs cheveux bouclés. Flora, subitement perchée sur les hauts talons d'escarpins en dia-mant, avance dans la salle sans trébucher.

Puis, c'est à Perfecta.

— Tiens, les six de la Chambre des Roses ! glousse-t-elle en nous apercevant. Je vous ferai peut-être un signe de la main, du carrosse, au Défilé Royal !

Sur quoi, elle passe la porte, pousse un « oh ! » étrange, et s'affale bien droit sur le derrière !

Nous n'avons pas le temps de nous en préoccuper, car c'est à nous, enfin !

Prenant une profonde inspiration, nous entrons ensemble…

Six merveilleux poneys argentés apparaissent aussitôt dans le Grand Hall !

Ils hennissent, trottinent, secouent leurs crinières étince-lantes.

Ils sont sublimes !
Mais, soudain, Flora fait crisser
ses talons en diamant sur le par-

quet : Louise sursaute et pousse un cri. Affolés, les poneys partent au grand galop ! Je m'écrie :

— Vite ! Rattrapons-les !

Ce qui est plus facile à dire qu'à faire…

Le pire, lorsqu'on veut attraper un poney, c'est de se précipiter sur lui en faisant du bruit.

Or, à cet instant précis, personne, dans ma classe, ne paraît au courant !

Flora continue de crisser des talons, Sarah siffle les poneys, tandis que Yasmina essaie de les bloquer dans un coin…

Et patatras ! Nancy tombe de ses échasses dans un vacarme d'enfer.

Forcément, les poneys paniquent encore plus !

Ils courent dans tous les sens, maintenant. Crinières au vent, ils pirouettent sur leurs sabots délicats, prenant soin, malgré leur peur, de ne pas nous renverser.

— Cessez immédiatement ! intime alors la Reine Gloriana.

Elle est si furieuse que nous nous immobilisons à la seconde, princesses et poneys compris.

On entendrait presque une mouche voler, dans le Grand Hall…

— Qui est responsable de ce désastre? jette la directrice d'un ton glacial.

Je voudrais m'enfoncer six pieds sous terre ! Mais, les jambes tremblantes, j'avoue bravement :

— C'est moi, Votre Majesté.

— Princesse Katie, vous me décevez ! Une attitude aussi choquante ne…

Perfecta la coupe subitement dans son élan.

— Pardonnez-moi, Votre Majesté, mais notre chère Katie ne pensait pas à mal.

Sa révérence respectueuse, sa voix posée nous surprennent. Jamais Perfecta n'a agi de la sorte, auparavant ! Elle poursuit :

— Elle a formulé ce vœu pour

le prestige de l'école ! Et si Votre Grâce le permet, je vais tout vous expliquer…

Chapitre cinq

Je n'en crois pas mes oreilles.

La vipère de la classe qui prend ma défense : ça alors !

— C'est à cause de son vœu ! me souffle Alice. Il se réalise : elle devient honnête !

Princesse Perfecta continue :

— Katie s'est dit que le carrosse de nacre valait bien un somptueux attelage, pour le défilé… Guidée par son noble cœur, elle a sacrifié son unique vœu en demandant un poney d'argent. Et elle a réussi à persuader ses amies de l'imiter, afin que l'équipage soit complet !

Stupéfaites, nous nous mettons toutes à parler en même temps.

Alors, la Reine Gloriana tape des mains, et nous l'écoutons.

— Merci, Princesse Perfecta, vos explications me conviennent. Princesse Katie !

Je lève timidement les yeux sur elle… Elle sourit !

— Avec vos amies, conduisez vos poneys aux écuries royales, où vous vous occuperez d'eux. Je crois en effet que demain, notre carrosse aura un attelage idéal !

— Oh, merci, Votre Majesté !

Sur quoi, je m'incline avec respect.

Comme les poneys se sont calmés, nous nous apprêtons à aller les chercher, avec mes amies, lorsque Princesse Perfecta émet une espèce de gargouillis inquiétant.

En fait, elle empêche désespé-
rément des mots de sortir de sa
bouche… mais rien à faire : ils
sortent quand même !

— Votre Altesse, bafouille-t-elle
contrainte et forcée. J'ai encore
une chose à vous dire, puisque
j'ai dorénavant un cœur honnête
et sincère…

Elle déglutit avec difficulté.

— J'ai un terrible aveu à faire.
Je savais que le meilleur souhait
remporterait cent Points Diadème…

Le visage de Perfecta devient
tout rouge, puis elle baisse la
voix :

— Alors j'ai volé le vœu de l'élève qui a gagné, l'an dernier. Je ne mérite aucune récompense ! Je suggère humblement que Princesse Katie et ses amies prennent ma place dans le carrosse de nacre.

— Qu'il en soit ainsi, Princesse Perfecta, articule sèchement la directrice.

Et Perfecta éclate en sanglots avant de s'enfuir, honteuse, dans le corridor.

*

Nous avons reçu la permission de veiller sur les poneys jusqu'au soir ! Après tant d'émotions, nous sommes dispensées des cours de l'après-midi…

Marraine Fée remarque d'ailleurs en riant que le parquet du Grand Hall réclame d'urgence sa magie réparatrice, après le passage de six fougueux poneys d'argent !

— À propos, ajoute-t-elle. Je vous ai dit que les vœux ne durent que vingt-quatre heures ?

Je soupire de déception.

— Mais c'est terrible ! Les poneys vont disparaître avant le défilé !

L'intendante pouffe.

— Disons que nous pouvons

faire une exception… Notre directrice estime que le carrosse sera grandiose, tiré par un tel attelage ! Mais attention : sitôt le défilé terminé, les poneys s'en iront !

Devinant notre chagrin, elle secoue la tête :

— Haut les cœurs, mes enfants ! Vous empochez chacune cent Points Diadème… Et puis, pensez un peu aux poneys du Roi Constantin qui ne défileront pas : ils apprécieraient sûrement une petite visite !

Les pauvres… Marraine Fée a raison !

Vite, nous courons aux écuries.
Comme ils sont mignons !

Plus beaux, même, que les poneys argentés, puisque, finalement, ils existent pour de vrai, eux. Et ils sont différents les uns des autres !

Mais il faut l'admettre : le lendemain, lorsque l'attelage magique vient nous chercher pour le Défilé Royal… vrais ou faux, nos poneys argentés sont quand même merveilleux !

Chapitre six

Comment décrire le Défilé Royal ?

Il a été... divin !

Avant l'arrivée du carrosse, Perfecta, le cœur toujours honnête et sincère grâce aux vœux prolongés, a insisté pour nous coiffer.

Elle est étonnante, cette princesse. Elle a même accompli

l'exploit d'arranger mes cheveux ! Elle m'a prêté ses barret-
tes étoile, et j'ai eu l'air d'une
véritable princesse !

Ensuite, elle nous a souhaité
bonne chance pour la parade,
et tu ne devineras jamais ce que
j'ai éprouvé…

J'étais triste pour elle ! Vous
vous rendez compte ? Au point
de lui proposer de nous accom-
pagner !

— Tu es généreuse, Katie,
mais je n'ai pas le droit d'accepter, a-t-elle refusé de son tout
nouveau ton posé.

Alors Alice, Émilie, Charlotte,

Sophie, Daisy et moi sommes montées dans le carrosse de nacre.

Nous nous sommes assises sur les coussins de satin blanc, les plaids moelleux jetés sur nos genoux, et l'attelage s'est mis en route.

Nous avons traversé le parc, puis roulé jusqu'à la ville où des milliers de gens nous ont acclamées !

Nous les avons salués par la portière ; nous avons souri, et souri encore… à tel point que nous en avions mal aux joues !

Plus tard, en regagnant la Princesse Academy, nous sommes épuisées.

— Ouf ! soupire Alice comme

nous descendons du carrosse en relevant soigneusement nos robes. En tout cas, on s'est bien amusées !

Et pouf ! Les six poneys argentés disparaissent juste sous nos yeux !

*

Notre premier geste, après avoir changé de vêtements, est de nous ruer aux écuries.

Nous voulons raconter la parade aux poneys du Roi Constantin…

Le plus petit d'entre eux, une femelle, pose ses naseaux duveteux dans la paume de ma main et souffle.

Elle cherche un morceau de pomme, la gourmande, et je me sens soudain très chanceuse : la plus chanceuse des princesses !

J'ai cent Points Diadème de plus, un poney à chouchouter, et mieux : les six meilleures amies de toutes les meilleures amies du monde…

Sophie, Charlotte, Daisy, Émilie, Alice.

Et toi !

FIN

Que se passe-t-il ensuite ?
Pour le savoir, tourne vite la page !

L'aventure continue
à la Princesse Academy
avec Princesse Daisy !

Je suis la princesse Daisy, de la Chambre des Roses.
C'est mon premier cours de Dragonologie
aujourd'hui, et j'ai vraiment une peur bleue...
Mais alors que faire lorsque le bébé dragon que l'on
devait étudier s'échappe, et court un grave danger ?
Foi de Princesse Daisy, je vais tout faire
pour le sauver, et clouer le bec à ces affreuses
Perfecta et Flora !

Pour tout connaître sur ta série préférée,
inscris-toi à la newsletter du site :
www.bibliotheque-rose.com

Les as-tu tous lus ?

Retrouve toutes les histoires de la Princesse Academy
dans les livres précédents.

Princesse Charlotte
ouvre le bal

Princesse Katie
fait un vœu

Princesse Daisy
a du courage

Princesse Alice
et le Miroir Magique

Princesse Sophie
ne se laisse pas faire

Princesse Émilie
et l'apprentie fée

Saison 2 : les Tours d'Argent

Princesse Charlotte
et la Rose Enchantée

Princesse Katie
et le Balai Dansant

Princesse Daisy
et le Carrousel Fabuleux

Princesse Alice
et la Pantoufle de Verre

Princesse Sophie
et le bal du Prince

Princesse Émilie
et l'Étoile des Souhaits

Princesse Charlotte
et la Fantaisie des Neiges

Princesse Alice
et le Royaume des Glaces

Saison 3 : le Palais Rubis

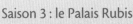

Princesse Chloé
entre dans la danse

Princesse Jessica
a un cœur d'or

Princesse Marie
garde le sourire

Princesse Olivia
croit au Prince Charmant

Princesse Maya
fait le bon choix

Princesse Noémie
n'oublie pas ses amies

Princesse Noémie
et la Serre Royale

Princesse Olivia
et le Bal des Papillons

Hors-série
Le Bal des Papillons

Les as-tu tous lus ?

Retrouve toutes les histoires de la Princesse Academy
dans les livres précédents.

Saison 4 : le Château de Nacre

Princesse Anna
et Noires-Moustaches

Princesse Isabelle
et Blanche-Crinière

Princesse Inès
et Plume-d'Or

Princesse Lucie
et Truffe-Caramel

Princesse Emma
et Sabots-Bruns

Princesse Sarah
et Duvet-d'Argent

Connecte-toi vite sur le site de tes héros préférés :
www.bibliotheque-rose.com
• Tout sur ta série préférée
• De super concours tous les mois

Saison 5 : le Manoir d'Émeraude

Princesse Amélie
et le sauvetage
du petit phoque

Princesse Léa
et le trésor
de l'hippocampe

Princesse Rosa
et le mystère
de la baleine

Princesse Mélanie
et le secret
de la sirène

Princesse Rachel
et le bal
des dauphins

Princesse Zoé
et la cérémonie
du coquillage

Saison 6 : les Tours de Diamants

Princesse Mina
et le koala

Princesse Bettina
et le cochonnet

Princesse Karine
et l'agneau

Princesse Lalie
et le cochon d'Inde

Princesse Agathe
et le petit panda

Table

PAPIER À BASE DE FIBRES CERTIFIÉES

hachette s'engage pour l'environnement en réduisant l'empreinte carbone de ses livres. Celle de cet exemplaire est de :

400 g éq. CO₂
Rendez-vous sur
www.hachette-durable.fr

Photogravure **Nord Compo** - Villeneuve d'Ascq

Imprimé en Roumanie par G. Canale & C. S.A.
Dépôt légal : septembre 2006
Achevé d'imprimer : septembre 2015
20.1266.4/17 – ISBN 978-2-01-201266-0
Loi n° 49956 du 16 juillet 1949
sur les publications destinées à la jeunesse